공현혜 시집

폭풍 속으로

공현혜 시집

폭풍 속으로

2020년 6월 05일 인쇄
2020년 6월 10일 발행

지은이 공 현 혜
연락처 010-2540-0473
이메일 u4only@hanmail.net

펴낸곳 도서출판 뿌리
등 록 1993년 4월 2일 제13호
주 소 경주시 금성로408번길 16. 경우오피스텔 705호
전 화 (054)771-3529, 010-4801-1607
팩 스 (054) 771-3529
메 일 poem214@hanmail.net

· 한국예술인복지재단 창작준비금 수혜도서

폭풍 속으로

도서출판 뿌리

첫 시집 『세상 읽어주기』로 말문이 틔고
이제 『폭풍 속으로』 다른 말 한마디를 보냅니다.

사는 일이 폭풍 속
파도를 타는 일이라고 생각하기 때문입니다.

세상이 좀 변했냐고요? 글쎄요.
세상이 변하지 않았으니 말도 변한 게 없어 보입니다.

그래도,
언젠간 사람도 사람답게 변하고
세상도 살만 하게 변하기를 바라면서 내 보냅니다.

우리끼리, 힘든 사람, 기댈 곳 없는 사람끼리,
부침개 나누는 마음으로 같이 살자고 보냅니다.

세상을 보는 눈은 사람을 보는 눈입니다.
말없이 종일토록 마주보아도 편한 사람
서로 그런 사람 되어 주자는 부탁으로 내 보냅니다.

『폭풍 속으로』에서 전하는 한 마디 말로
다독이고 토닥여주며 오늘도 잘 건너가길 바래봅니다.

2020년 **공현혜**

차례

작가의 말

1

달리기 12

냄비와 숟가락 13

밥심 14

어금니 16

시간을 잃어버리고 17

방패 19

적멸보궁(寂滅寶宮) 건너편 집에서 20

노모(老母)의 가을 21

칡 22

손수건 23

걱정 25

회초리 26

빈 의자 28

생인손 30

작은 약속 31

해빙 32

2

아름다운 것들 34

동그라미 36

소나무골 김영감 37

어디로 39

아직 모르잖아요 41

파장까지 42

함안댁 43

동태 45

그날에 47

인사 49

친절한 남자 51

문신 52

종이컵 53

성스러운 자유 54

차례

3

제비꽃 56

항아리 57

흙탕물 58

신문지 59

붕어빵 61

고등어 63

누룽지 64

봄 오지 마라 66

진달래 67

북소리 68

세상이 그렇다 해도 69

조각공원(彫刻公園) 70

그리워하지도 않으면서 72

멈추어버린 강 74

축제 75

4

폭풍 속으로 78

사랑의 허락 79

그대에게 81

나의 에트리타 82

구절초 84

복수 85

이별의 미학 87

사랑 꽃을 피우려 89

짝사랑 91

바람개비 92

술독 93

초대 95

한 접시의 눈물 97

마지막 퇴근 99

4시 44분 100

차례

5

발견 102

전쟁 104

먹이사슬 106

여름의 여름 108

아름다운 커피 110

깊은 잠 112

풍경 113

하와이 115

아가, 내 딸아 117

봄비 119

우리의 바람 120

이화동 꽃 121

그 남자 122

99년 후 123

1

달리기

가을이 산을 넘어 달립니다
누가 쫓아오는 것도 아닌데
열심히 달려갑니다

달아나는 가을을
잡을 수 없어 단풍나무 아래
가만히 서 봅니다 세상이 눈부십니다

겨울이 등 뒤에서 부스럭거립니다
달려 왔다가 저도 달려갈 모양입니다
봄이 오기 전에 세상은 잠시 비워지겠지요

아직 단풍나무 아래 서 있습니다
약속이 있는 것도 아닌데
자꾸 달리기 하는 소리가 들립니다.

냄비와 숟가락

굽혔던 자리 물결치는

아름다운 숟가락

입에 물고 잠든 아이

벽에 기댄 엄마 품에서

얕은 숨 이어갈 때

구멍 난 냄비 때우던 엄마

비었던 눈에 푸른 빛 언뜻,

텔레비전 속 다른 나라 이야기가

기억 속 엄마 젖내로 내 안에서 언뜻.

밥 심

밥을 먹고 나서 생기는 힘
사전에 나와 있는 뜻이다

밥을 먹어야 나오는 힘
아버지의 풀이 말이다

세상을 버티려면 밥을 먹어야 한다고
만나는 사람마다 밥 먹었는지 묻는다

하루 한 끼를 먹어도 살찐다고
아이는 물도 자주 마시지 않는데

할아버지의 끼니걱정과
아이의 몸매 걱정이 싸우는 날이면

바쁜 숟가락은 내 것이다
그릇들을 다 비워야 속도 시원하다

해석도 이해가 되지 않는 노인과 청년

옛날은 옛날일 뿐이라는 아이에게

역사가 되어가는 아버지의 밥심은
수척해진 마음을 채워주지 못한다.

어금니

천천히 꼭꼭 씹어라
어릴 적 들었던 말을 기억한다

비난의 눈초리를 받으며
한 끼의 허기를 해결 할 때도
마지막 만찬을 받은 마음으로 꼭꼭

직장을 잃고
사랑을 잃은 어느 날에도
귀를 닫고 꼭꼭 씹었다

어머니 납골당에서 돌아와
친구들과 농담에 흥건히 젖던 날도
꼭꼭, 세상을 씹으며 버텼는데

어금니가 빠졌다
지붕에 던져 새 이를 달라고 할 수 없게
낡아서 빠졌다. 이젠 세상이 무서워지겠다.

시간을 잃어버리고

오얏꽃이 피었습니다.
살구꽃도 피었습니다
벚꽃도 피었습니다

어릴 땐 이름이 아니라
'꽃' 뿐이었습니다
오얏꽃도 꽃
살구꽃도 꽃
벚꽃도 그냥 꽃이었습니다

이름을 알게 되었을 때엔
얼굴만 보고
같은 '꽃' 인 줄 알았습니다
이름도 나름의 꽃도 구별 할 수 있는
지금은 '꽃' 보지 못하는 계절입니다

한 때는 오얏꽃이 최고였던 땅
다음엔 벚꽃이 최고라고 가르친 땅에서
제겐 살구 꽃 만 한 게 없습니다

노모의 마당이 재개발되고
마당의 시간을 잃어버리고서야
살구 꽃 필 때면 눈물 납니다
잃어버린 것을 찾지 못하면서
살구꽃이 최고인 나이가 되었습니다.

방 패

투명 비닐우산에
커다란 바람개비 그려 놓고
아이가 웃는다
비오는 날
펼친 우산을 돌리고 돌리고
바람개비가 방패가 되어
비를 막아 준다고
아이가 웃는다
내 우산에도 바람개비 그려 달라니
어른은 안 된다 한다
어른은 방패 없어도 산다며
아이가 웃는다
방패로 만들어진 사람이 어른인 걸
모르는 아이 따라 나도 웃어 본다.

적멸보궁(寂滅寶宮) 건너 편 집에서

보이지 않게 되는 것
들리지 않게 되는 것
그리고
잃어버리지 않았으나
잊어버린 것
그것들이 내 안에 숨어있다
기다리고 있다
툭
어깨를 치거나
꾹
옆구리를 찌르는
틈을 찾아 나오려 한다
쏟아져, 아니 밀려 나오려 한다

오늘도 문 걸어두고 벽과 대치(對峙)중이다.

노모(老母)의 가을

누런 호박 올라앉은 돌담 지나

닫힌 적 없는 대문가엔

줄기 꺾인 국화향 넘치는데

평상에 걸터앉아

콩알 고르던 노모(老母) 발치에

어디서 왔나 도도한 단풍 한 장

바쁜 손을 놓고 보던 여인

'너는 갈 때도 곱구나!' 한숨이다.

칡

저토록 깊이 내린
마음의 뿌리로
누구를 기다리는가
겨우내 쌓인 그리움을
한 빛으로 담아
이파리로 펼친 봄 지나도록
그리움은 다시 약이 되어
쓴 기다림이 피워 낸
보랏빛 설운 꽃
참지 못해 달려가 안으면
한숨 섞은 목소리로
'당신 꽃 아닙니다'
나란히 할 수 없는 인생길
계절 바뀌어도 잊히지 않으려
안으로 안으로만 채운 향기
기약 없는 먹 빛 가슴에 담아
그 날이 올 때까지 묵언수행 중이구나.

손수건

손수건을 선물로 받았다
노란색실로 테두리가 둘려져
착하게 보이는 하얀 가제 손수건이다

성근 백발에도 곱게 입술 바르고
손수건으로 다듬던 젊은 할머니와
가늘게 뜬 눈으로
칸칸 마다 색실로 이름 새기던 여학생 있고

달아오른 목에 젖은 수건 감고
젖먹이 아기 잠든 뒤로
비닐로 만든 노랑병아리
가슴에 달고 뛰노는 아이가 보이는 손수건

어쩌려고
선물이 절벽에서 사라진 것들 불러냈을까
지나간 것들 올올이 엮인
'고객사은품' 이름표를 달고 온 손수건이라니

운명의 고객으로 순종했다는 것일까
간절한 거부 없이 내 몫이라 믿었던 것
원하지 않은 것들을 품고 살아낸 것에 감사인가

노란색실로 테두리를 두르고 착한 척 앉은
하얀 가제 손수건이 의식의 뒷문을 연다
옛 것 돌아봐도 잡을 수 없다지만
손수건 선물로 받으니 심장이 분홍빛으로 뛴다.

걱정

어둠 속에서
노를 젓는다

빛은 오직
물속에 있어
걱정의 호수를
떠날 수 없다

아침 온다고
꽃 떨어져도
배는 기슭에 닿지 않고

기다림의 창살 맞은
구멍 난 가슴들
유령처럼 떠도는 밤

노를 젓는다
누가 달려와 닻이 되어 줄까
가라앉는 배 서로 먼데.

회초리

아이와 싸우고 나와

골목 귀퉁이에서 만났다

가로등 불 빛 아래

한쪽으로만

밤비 회초리 맞는 전봇대

저도

돼지 저금통 찢었을까

회초리 피해

도망가지 않는 아이

온 몸으로 우는 전봇대 보다 나을까

밤비가 어깨를 때렸다

젖은 몸으로 돌아와

이불 속 아들의 등을 쓰다듬는다

어머님 회초리 자국 주름살로 간직하고.

빈 의자

창밖은
강둑을 더듬어
가을이 왔다 갑니다

창 안에는
햇살이 뻗어 와도
주인 잃은 의자가
자주 한쪽 다리를 접니다

다리를 넷이나 가졌으면서
어쩌려고 하나만 닿아서
기우뚱거리는 걸까요

저도 남겨진 것이
버려진 것인 줄 아나 봅니다
헤쳐 놓은 책상과 책들도 빛을 잃네요

집이 바람에 흐느끼고
방이 넓어져 빈 의자도 자라네요

떠나는 사람들은 가져가지 않은 게 많아요

첫 제사 때에는 집을 태워야겠어요
혹시 모르잖아요 하늘에서도 집이 필요 할 지
주인 잃은 것들도 그게 좋을지 모르잖아요.

생인손

흙뿐이던 화분에 싹이 올랐다
연두 빛으로 쌍떡잎이 났다
물을 줘도 되나 안 되나
햇볕일까 그늘일까
살겠다, 버티는 걸 모른 척 할 수 없는데
요렇게 눈치 보다가
아프지만 말자던 맘에 이끼가 껴
성공하란 부채질에 아이가 시들었다
열 손가락 모두 생인손 앓아
깨물 곳도 빨아 볼 곳도 없는 저녁
연두 빛 쌍떡잎이 기울고 있다
흙뿐이던 화분에 바느실처럼 어린 줄기가 누웠다
보기엔 멀쩡한 손이 곪아 나도 비스듬히 땅에 기대어
누웠다.

작은 약속

애끼반지를 끼고
몸에서 떼어 놓지 않으면
자식들 일이 잘 풀린다는 말에

결혼식 끝나고 30년
가락지도 없던 손에 반지를 채웠다

새끼손가락과 반지의 약속
돌고 돌아도 깨어지지 않을 작은 약속

자식이 잘 풀린다네
뭐 남겨 줄 재산도 없으니

안부삼아 물어오는 말에
설명에 설명을 더한다

만져보고 흘깃거려도 보고
새끼손가락에서 빛이 나면

먼 후일 잘 살고 있을 것 같다
홀로 남아도 견디며 살고 있을 것 같다.

해 빙

거리에 앉은 노모는
바지락 다듬던 손
장작불에 녹이며 건너편 아들을 본다
동태 몸통을 토막 내고
손님이 건네는 천원 지폐를 헤아리던 아들은
모퉁이에서 뻥튀기 중인 아버지를 본다
점심때를 놓친 허기보다
서로의 손님 없는 시간이 더 고픈 가족
봄 햇살에 눈 빛 나누는 순간마다
세상의 상처를 녹이고
따뜻한 길 뽑아내는 홍성장터
서로 몸 섞는 한숨도 따뜻한
소리 없는 해빙을 나는 보았다.

아름다운 것들

김씨는
이부자리에서 웃고 있다

눈 비비며 칭얼대는 아이의 잠깨는 소리와
그릇 부딪히는 소리
간간이 들리는 자동차 소리까지
변함없는 아침이 찾아와 주어서

동료들을 밟고 올라서지 않아도
일용할 양식을 구할 수 있는
중고 퀵 오토바이가 든든하고
잘 다녀오라는 아내가 있어서

보일러 시끄러워도
따뜻한 잠자리 지하 단칸방
뇌출혈 어머니 아랫목에서
일어나지 않겠다는 고집처럼 계시고

오르락내리락 계단을 달려도

인사 나누는 사람들과
끊이지 않는 배달 주문 있으니
세상은 살아 볼만 하다고
아침마다
아름다운 것들 순서대로 짚어보며 웃는다.

동그라미

가도 가도 끝없더라 던
할머니
시집살이 눈물 길
밥하러 가야 한다고
돌아누워 뒤척이는
꿈속까지 뻗더니
방전된 그리움이
무겁게 내려앉아
주름살 틈새마다
밥물 고여 굳었나
부엌에서 마루로
마루에서 방으로
빈 상 들고 총총걸음
밥하러 간다는
치매 앓는 할머니
증손자는 재밌다고 놀려도
집안 가득 일그러진 동그라미
발자국 길을 내면
맑게 고인 시간이 따라 돈다.

소나무골 김영감

뒷산 소나무로 지은 집에서
생 솔가지 금줄을 치고
이승의 첫 밤을 지낸 김 영감은
푸르게 사는 게 욕심 없이 사는 줄 알았다
솔가지 태워 끓인 끼니로
아이들은 자라 도시로 가고
솔방울 장난감 먼지로 흩날리던 세월 속에서
일용직으로 떠돌다
재선충 앓는 나무아래 돌아 왔다
누워버린 아내 잔기침 자장가로 들으며
찾는 이 없는 명절에도
솔가지로 데운 방에서 송순주((松荀酒)혼자 마셨다
부모님 산소 지키는 소나무 쓰다듬으며
자식 잘 되기를 소원했지만
지난여름, 장마 비 지나간 논밭에서 무너졌다
가을이 저물도록 거두어들일 것 없어
농협직원만 들락날락 하던 겨울 아침
뒷산 소나무를 깎기 시작했다
-바람이 규칙적으로 지나간다

소나무 우는 소리 쉽게 멈추지 않는다
마음 밖에서 헛돌던 일을 그만 두려 한다
미안하다. 아들아 딸아.
밭에 모아 둔 솔방울이 잘 탈거다.-
양지에서도 단단한 눈 길 헤치고 온 우체부가
나란한 두 소나무 관(棺) 옆에서 쪽지 한 장을 발견했다.

어디로

떠났구나
김씨는

돌아보면
헛된 꿈
빈 방 가득 하구나

풀 물든 바지춤
어디에서 말리는지

희망이라는
이름표도 없이
떠났는지

쭉정이 밭이 된 논과
떨어진 굳은 붉은 감 지나서

환갑에도 총각인 김씨
흙신을 벗었구나

다시 만날 수 있을지
이젠 알 길 없구나.

아직 모르잖아요

'세월이 흘러가면
어디로 가는지 나는 아직 모르잖아요'

노래를 들을 때마다
세월은 가는 게 아니라
몸속에 상처로 들어앉는다고 생각했다
누구는 인연이라 했고
또 누군가는 운명이라 했던 모든 사랑도
몸과 마음에 상처를 남기고 들어앉은 할머니
상여도 없이 떠났다
흘러와 삯 일로 살았던 한 세상
내력(來歷)을 모르니 연락 할 곳 없었다
합죽선 주름 몸을 접어 떠나는 날
노인정 친구들 할머니 십팔번을 불렀다
'세월이 흘러가면 어디로 가는지……'
아직 몰라야 한다 모르고 가야한다
억수장마 쏟아지는 데
세월과 한숨으로 비만인 동네가 조용하다.

파장까지
- 오일장 시편 · 8

고등어 머리를 노리는 고양이도
빨간 소쿠리 구멍으로 들어오는 노을도
무심한 척 고개 숙인 할머니
흐르는 주름살 끝에 졸음이 달렸다
새벽부터 나선 걸음에도
남은 푸성귀 기죽은 걸 보고
바람 빠진 풍선마냥 뼈대 없는 등
한 눈으로 훑어도 파장인데
아무리 손 흔들어도 손님은 없고
늙은 호박 빛 장마당이 무겁다
떨이로 털어버릴 것만 남아
검은 비닐봉지 폈다 쥐는 사이
살아오면서 제대로 비우지 못한 마음처럼
오늘도 맴을 도는 마지막 흥정
어떤 생의 파장이면 기쁘게 갈 수 있나
몇 봉지 반찬거리 대야를 머리에 이고
휘- 빨리 걷는 할머니
기다리는 영감 있으면 좋을 걸음이
다음 장날 까지 거뜬하겠다.

함안댁
- 오일장 시편 · 9

세월은 달력에서 읽고
세상은 오일장에서 읽던
그녀를 무엇으로 읽을까
한 줌의 콩나물
뿌리를 자르고 머리를 떼어내고
또 무엇을 끊었기에 한숨일까
여인으로 살던 기억이
함안댁으로 사는 오늘에 가려져
가면 쓰고 시멘트 바닥에
못 박힌 엉덩이만 자란다고
안주 없는 막걸리 한 통을 비우는 여자
살아가는 일이 자식 먹이는 일이라더니
콩나물 대가리 푸른 멍들까
검은 포대기를 덮고 앉아
목에 건 휴대폰 훔쳐봐도 찾는 이 없다
커피도 야쿠르트도 옆자리 배추도 갔다
시장 바닥 눈으로 더듬어도 희미한 발소리
이제는 일어서야 할 때
쌓인 콩나물 머리만큼 마음 부르면

쌓인 콩나물 뿌리만큼 웃을까
저녁 으스름에 젖은 길 가는
함안댁은 또 살아냈다고 발자국 찍으며 간다.

동태
- 오일장 시편 · 10

울고 있다
동태눈을 보던 그녀가 울고 있다
눈물도 소리도 없어 들키지 않고
마음 놓고 울고 있다
그녀의 멈춘 칼끝에서
목 놓아 우는 동태 때문에
우는 사람
몇 번씩 달아나려던 발이 붙잡혀
아들 둘 낳도록 가슴에 소복을 입힌 여자
오일장 열리는 날이면
트럭에서 동태와 여자를 부려놓고 가는
남편일 뿐인 남자 때문이 아니다
오 일에 한 번씩 늦어지는 귀가 때문도 아니다
배탈 나서 굶고 있는 작은 아들도
동생 곁에서 우는 큰 아들 때문도 아니다
저 때문이다
도마에 굳어 있는 동태보다
마음 먼저 굳어 본 사람은 안다
그녀의 울음은 시작한 이 후 그친 적 없다는 것을

토막 낸 동태를 기다리던 손님은 횅하니 가고
칼 든 손을 노려보던 사람의 눈도 횅하다
순간, 울음을 그친 여자가 눈을 빛냈다
오일장은 소나기로 시끄러워도
이제야 세상으로 돌아 온 듯 여자가 웃는다
아직
동태는 울고 있지만 엄마는 저만치 달려가고 있다.

그 날에

김영감이 윗저고리를 벗어 덮었다
녹아 흘러내린 듯 주름이 아래로 고여
바지 벨트 앞부분이 보이지 않았다
이럴 거면 뭐하러 그렇게…
주머니에서 반쯤 남은 담배를 꺼내
불을 붙였다
선산 땅문서를 가져간 아들의 대가를
할멈이 치렀다 생각하니 뙤약볕에서도 소름이 돋았다
밭에는 자라다 만 콩 잎이 누렇게 타들어가고
옥수수자루도 굵기 전에 꺾여 땅에 머리 처박았다
목에 걸고 다니던 휴대폰으로 전화 할 곳 없었다
김영감은 119에
'우리 할멈이 땡볕에 누웠어.
안 움직여.
누가 좀 와줘요' 했다
할멈이 손가락처럼 잘 다루던 호미가
손에서 빠지지 않았다
동네 사람들이 하나 둘 모여도 여든의 동네 아우들
혀를 찰 뿐 누구도 한마디 말 거들지 않았다

간밤에 지독히 싸우던 소리가 동네를 덮었기 때문이
리라
　자식 위하는 맘을 사람만 모른다 했던가
　묶였던 개가 달려와 할멈의 흙발을 핥는다
　사이렌 소리가 들려도 김영감은 자리에 붙박여 있었다.

인사

병원 복도는 사철 차갑습니다
데워지지 않는 사람들 많아서 입니다
오늘도 무연고 한 분이 왔습니다
마주친 그는 손 흔들며 말했습니다

'마침내
돌아와 누웠습니다
구겨진 무명천 아래 누웠습니다'

인사가 끝난 오후
햇살은 오히려 무겁고
구경꾼의 눈은 호사(豪奢)가 된 아침

세상을 잃어도 뉴스가 되지 못하는
뒷배 없는 사람들의 낙하(落下)와
한 때 꽃처럼 피었던 사람들의 낙화(落花)

누운 자리가 다른 것을
이름 모르는 그는 알았을까요

지하 냉장고로 가는 병원 운반대에서
차가운 손 하나 덜렁이며 세상에 인사를 했습니다.

친절한 남자

착한 시민상을 타고 신문에 웃는 얼굴이 나온
친절한 남자는
해질 무렵 어수선한 동네를 청소해요
아이들이 흘린 웃음은 재사용봉투에 담고
엄마들의 잔소리는 분리 수거함에 담아요
뒷집 할머니 배고픈 마른기침은
주머니에 따로 넣어
골목 끝 정육점 호동이네 대문에 걸어두고요
집 없는 고양이들 밥그릇도 구석자리에 차려요
직업이 없는
친절한 남자가 동네 청소를 하고 집으로 가면
양말은 아들이 벗기고 옷은 딸이 갈아입힌대요
아들의 등짝은 손바닥 도장으로 피멍이고요
딸은 치마를 입지 않는 흉터 많은 다리지만
사람들은 아무도 모른 다네요
아줌마는 밥상 차리고 물 잔 들고 기다려야 한대요
친절한 남자 배불러 잠들면 가족은 자유시간이지만
아무도 목소리 내지 않고 서로를 가만히 안아 준대요
대문 밖으로 소리 나가면 친절한 남자는 친절하지 않
다네요.

문신

그가 지나가면
불티가 난다
발자국에서도
반짝이며 날아오른다
짐작이 가지 않지만
알 것도 같은 그의 언어
옹이가 박힌 눈으로 보는 세상은
허기가 가시지 않고
희고 눈부신 쪽으로
고개 돌리지 못하는 적막을 껴입은 그
빗금으로 맞은 서리를 이고도
바람에 떨어지지 못하고
거미줄에 걸려 허공을 맴돌던 마른 잎 같은 그
문신(文身)이라 불려도
'철거' 붉은 글자를 박는 문신(文信)같은 사람
팔뚝에 노랑나비가 살고 있었다
반쯤 지워진 태극기에 앉은 나비가 있었다.

종이컵

막걸리 잔 비울수록
종이컵은 기세가 꺾이고
잔 비우는 속도가 빠를수록
컵은 손가락 끝에서 안쪽으로 밀려들어
함부로 못 만지게 했다
영감의 막걸리 잔을 채울 때마다
할머니는 자기 잔을 들여다보았다
바닥이 보이지 않는 탁한 컵 안에서
햇살이 빛나는 틈으로
하루살이가 헤엄치고 있었다
팔다 남은 푸성귀는 장날 바닥에 맥없이 늘어지고
살아 온 날 같이 조급한 버스 시간은 다가오는데
할머니는 자꾸만 종이컵 건너편을 흘겨본다
늙은 부부가 사이좋게 국수를 먹으며
지나가는 손님을 불러 양파를 팔고 있다
함께 했던 날 동안
섣달 문풍지처럼 조용하지 않던 영감은
봐도 모르고 알아도 보지 않는 장면에
못하는 술 비워내고
사는 건 또 그렇다고 할머니는 젖은 컵 움켜쥔다.

성스러운 자유

트럭이 달립니다
쇠창살 우리에 소 한 마리
타고 있습니다
네거리 신호등에 트럭이 서고
소와 눈 마주쳤습니다
거짓말 한 사람처럼
눈싸움 못하고 피할 때
소가 웃는 것인지
이빨을 보입니다
직진하면 도축장(屠畜場)인데
트럭은
신호가 바뀌자 앞 서 달리고
소는 잠깐의 만남에도
창살 밖으로 꼬리를 흔듭니다
저만치 성스러운 자유를 흔드는
꼬리가 부럽다면
사람들이 웃을까요 비웃을까요.

3

제비꽃

제비꽃은 여유가 있어야 볼 수 있다
바쁜 사람은 멈추어 만나지 못하고
부자들은 허리 굽혀 살피지 않으니
욕심 없어 가난한 사람들의 꽃이다

한 뿌리에서 올라 온 이파리들
한 줄기에 여러 잎이 더부살이 하지 않아
한 부모에서 나와 각자 사는 형제 같다
그래도 알맞게 푸르다 어둡지도 가볍지도 않다

아이들은 예쁘다고 손아귀 가득 꺾어 놓고
어머닌 배고파서 먹고 다리아파 먹었다는데
봄 날 제비처럼 찾아와
마음의 허기까지 채워주던 이력(履歷)이 착한 꽃

소문에는 흰 꽃 노란 꽃도 있다지만
우리 동네는 모두 보랏빛이다
빈 집 많은 동네 치유 할 게 많은가 보다
묵은 논밭엔 마른 바람 불어도 제비꽃 지천인 봄이다.

항아리

금 간 항아리
한 때는 찰랑거리는 물도 담았으리라
속이 뒤집혀 밤이면 바람 따라 땅을 치며
하늘을 꿈꾸기도 했으리라

천지를 채우던 한 사발로 기도 하던 할머니와
된장 간장 곱게 빚던 어머니 가신 뒤
빗물조차 머물지 않던 그이에게
조곤조곤 마당을 건너온 달빛이 닿아
반짝 하더니 무너져 내렸다

밑 빠진 그이를 누가 데려갔을까
이승을 떠난 항아리 뒤에서
쑥부쟁이 하염없이 흔들리는 가을
떠나는 것들 많은 나이 시린 밤이다.

흙탕물

바지 끝에 흙탕물 들었습니다
어디에서 왔을까요
흙을 밟지 않는 생활에
의심스러운 출처가 반갑습니다

물든다는 말
좋았던 시절 있었습니다
봉숭아물이 그렇고
감물이 그렇고
친구가, 떠난 친구가 그랬습니다

황토 빛 바짓단 세탁하지 않았습니다
볼 때마다 생각이 멀리까지
다녀오는 느낌이 좋습니다
옷이 내 나이 되도록 두고 볼 생각입니다.

신문지

글자들이 세상을 말한다

아파트를 세우고 강이 흐르다
아파트 쓰러지고 다리가 끊겼다고

사람들 드나들다
죽거나 죽이거나 사라진다고

담담하게
제 하고 싶은 말만 하는 신문

바람 담을 수 있지만
바라는 일은 담지 못하고

기다리던 일은 어느새
지나간 일이 되어버렸다

입을 수 있었다면
세상 단 하나의 명품이었을 신문

신문은 신문지가 되어도
문화를 버린 문명이 되어 남아 있다.

붕어빵

잇자국 난 꼬리 없는 대가리와
대가리 찾는 꼬리지느러미
흩어져 뒹구는 길에서 요즘 아이들이 웃는다

누구는 머리부터 먹고 누구는 꼬리부터 혹은,
붉은 배를 먼저 베어 무는
먹는 방법으로 보는 성격 테스트 했단다

모를 일이다. 저 꿈꾸다 만 붕어들
수동적이거나 능동적이라는 말도 모르고
붕어 인 줄 알았다가 풀빵으로 흩어진 사정을

스티커 한 장 얻으려 빵을 봉지 채 버리고
달콤한 순간을 위해 모두 버릴 줄 아는 아이들이
잇자국 남기는 재미로 다음엔 무엇을 먹을까

요즘 아이들을 옛 아이들은 이해 할 수 없지만
하나를 얻으려 두개를 버릴 줄 아는 사람은
형용할 수 없는 눈빛으로 이 땅을 버릴 줄 알던데

버릴 줄 아는 것이 잘 사는 시대라면
버릴 걸 가지지 않아도 됨을 가르쳐 줘야 할 텐데
걱정들이 소화되기 전에 우리가 잇자국 지워야겠다.

고등어

그래,
바다를 보면 안 된다던 어른의 말 있었지
늦었지만 이제라도 생각 난 게 다행인가
그물에 걸려 배를 탈 때 보았던 바다
누군가 바다가 무엇인지 어디 있는지 물었을 때
무리 중에서 바다를 아는 이 없었다는 말도
이제 생각 난 게 다행인가
내 이름이 고등어라는 것을 배 위에서 처음 들었는데
바다를 떠나 와 바다를 알게 된 나를 앞에 두고
"푸른 바다를 온 몸에 걸치고 왔구나."
하는 사람의 눈이 나보다 흐리다.

누룽지

어디서 누룽지 끓이나 보다
바람을 타고
잊었던 허기가 달려온다

여름 쉰밥으로 담근 단술과
갈 겨울 마른 밥풀 볶아 끓여주던 숭늉
봄날 밀가루 반죽 흩뿌려 찐 쑥 털털이

할머니에게 배운 일용할 양식은
어머니에게 가난과 함께 내림되고
우리는 맛 보다는 배 채우기 바빴던 시절

누룽지 한 장 나눠 먹을 게 없었다
숟가락으로 긁어 낼 밥 알 없었다
쌀통 채워진 날 보지 못했다

지금은,
씹을수록 고소한 고향 맛이라고 적힌
비닐봉지에 누룽지 한 장씩 포장판매 한다

아이들은 있어도 먹지 않는 누룽지
어디서 잘 퍼지고 있는지
누구의 허기를 따뜻하게 채우는 지 골목이 고소하다.

봄 오지 마라

마당의 흙 틈이 생기니
산언덕에 꽃 피겠다
따뜻한 봄 기다리던 지친 가슴들
바람 불어 달콤한 쓰라림에 젖고
사태 난 꽃 따라 물결인양 다니겠다
두견새는 잊혀 진 사람 위해 울고
봄 기다리던 풀도 새 순 돋겠다
숨죽이던 강도 물소리 낼 테고
나비 날아와 소식 전하겠다
허나,
벼랑에 선 하얀 진달래 너는 알고 있으리라
가진 게 없는 사람은
봄 와도 기다린 봄 아니라는 걸
얼었던 마음 녹아 눈물 다시 흐르면
남길 것 없는 빈 몸을
나무 가지에 장식처럼 매다는 이유 알리라
지나간 꽃잎들 다시 만나지 못하더라도
봄, 오지 마라 마냥 기다리며 울게 해라
살아서 만나는 사람이 겨울이면 좀 어떤가.

진달래

장터에서 만났다
허기진 삶에 여유를 주던
전설의 꽃

옛날부터 먹었다는데
아직도 먹는다
몇은 그리움으로
나머지는 배고픔으로

흥정 끝에
장바구니 꽃으로 채운 여자
속을 채우지 못하는 세상에
한 때 웃음으로 채우려나

두견새 아침에 울어
홀로 될까 따라 울던 봄
'원산지 지리산' 이름표 달고
이제는 꽃조차 장터에 나왔다.

북소리

소가 운다

살을 푸는 북소리 속에
만난 적 없는 그의 눈이 보인다

나이테로 우는 소리
따라 잡으려 마당을 돌면
회색 하늘이 따라 돈다

고수(鼓手)의 눈 깊은
소리에 잡힌 시간
풀어 놓은 소 느리게 걷고

밀양백중 놀이 장단의 틈 새
가슴을 딛고 가는 발자국
아픈 자락이 흥이 되는
이별 춤이 따라 간다.

세상이 그렇다 해도

햇살이 방으로 들어오고
정원에는
심지 않은 뱀딸기 삽니다
먹이 주지 않은 새가
창 밖에서 노래하고
비는 내려 바다가 넓어집니다
우리도 그렇게 살고 있지요
세상이
아무리 그렇고 그렇다 해도
서툴게 휘청거리며
우리는 살아가야 하지요
가지 않은 길 옆에서 말이지요
기분이야 별건가요
극진한 참을성으로 살아야지요.

조각공원(彫刻公園)

한마디 말에 심장이 멈췄다

장난감 잃은 아이처럼
양팔을 둘러 안고 괜찮다 토닥여 봐도
사람은 사람을 만나게 되면서
조각(彫刻)되는 것
직장이란 벽 안에서
책상과 의자와 사람은
다른 이름 한 몸의 진열상품이었다

희망아 누가 너를 조각하여 내 곁에 두었나
늘 다른 곳을 보는 너를
너만 보는 내가 만질 수 없구나
집이 무너지고 다리가 끊어지고
산불은 사나흘 계속되는 도시에서
숨 쉴 수 있는 이유가 서로의 조각품이라면
사람들의 그 사랑들은 모두 어디로 숨어들었을까

'정리해고' 라는 통지보다 먼저 '미안하다'

한마디 말에 쪼그라든 심장이 펴지질 않는다

첫 출근 이후 한 겹씩 접혔던 마른 대추 같은 심장이

함부로 숨 쉬지 못하게 된 것을 신(神)도 몰랐을 것이
다.

자신의 조각품 진열은 시간문제가 아니라 위치문제라
는 것을

사람들이 사람을 만들어 가는 세상이라는 것을 몰랐
을 거다.

그리워하지도 않으면서

까마귀 떼
논에 앉았다

빈들에
먹을 게 있어

지나가던 생명이
허기를 채운다

날개가 없어서
우리는 허기 채우지 못하나

도시를 떠돌고
사람 사이 떠돌아도

껍질뿐인
삶의 허기는 지우지 못한다

그리워하지도 않으면서

무엇을 찾는 줄도 모르면서

오늘도 서로에게 떠도는
우리, 날개가 없기 때문인가
날개만 없기 때문인가.

멈추어 버린 강

구름은 바람과 섞이지 않으려
제 몸 산산이 놓아 버려도

강(江)은 한 방울 빗물
혼자 보내지 못해 품고 가는데

사람과 사람 사이의 강(江)
무엇이 흐르기에 단단하게 멈추었는가.

축제

축제의 전등(電燈)이 눈부신 입구에서
하얀 봉투에 참가비를 지불한 사람들 모인다
테이블세팅도 완벽한 장례식장의 밤
빨간 들통엔 하얀 국화가 가득하다
작은 소리로
망자(亡者)의 사연을 묻지만 그를 위한 시간은 아니고
산자들이 인사 나누는 시간이다
명랑하게 보이지 않으려 소곤거리지만
빈 국화 통에 다시 재단의 꽃이 담기는 걸 보면
테이블 추가 주문이 쉬워진다
축제에 모인 손님들 모두 호상(好喪)을 나누고
족보(族譜)를 따져 묻기 시작하면
아이들을 풀어 놓거나 고스톱 판을 벌리기 좋은 찬스,
서로에게 말조심을 하거나 말거나
오가는 술잔과 고개짓 구경하다보면
총잡이가 등장하는 장면에서 대단원의 시작이다
울음이 나와도 나오지 않아도
봉투가 쌓여도 쌓이지 않아도
세월 사이 겹으로 숨겨둔 말(言)이 총알처럼 날아다닌다

이 장면에서 손님들 퇴장 준비
축제 경력이 쌓이면 막이 내리길 기다리기도 하지만
우리 일행은 발소리도 나지 않게 물러난다
저승사자는 혼자 다닌다 생각하면 섭섭하다
먼 길 혼자는 힘들다
참, 망자(亡者)는 이제야 우리를 따라 나올 수 있다
가끔은 목적지를 물어보기도 하고 가끔은 오늘처럼
자식의 손에 이승을 떠난 이야기를 나누기도 한다.

4

폭풍 속으로

지금 그게 무엇이든
생각을 가라앉힐 수 있다면
잠시 잊어도 좋은 것이다
사람 일이란 그런 것이다
더듬어 펼쳐 보지 못하는 기억은
추억이 아니라 무거운 후회들이다
혼잣말로도 하지 못하는 먹 빛 무게다
찾는 이 없는 저녁
오늘을 한 장 기억에 올려놓고
지나온 사람들 되새김질 하는 시간
가볍지 못한 것은
돌아보는 일에 할당하는 시간이 길어진다
선인장 가시처럼 돋아난 느낌표들이
한숨에도 파도치는 추억의 바다
생각을 가라앉힐 수 있다면
잠시 잊어도 좋은 것이다
사람 일이란 그런 것이다
내 몸 안의 바다보다 기억 저편의 심연이
폭풍 치는 밤바다 같아도 익숙하다
살아있는 일이 파도를 타는 것이기에.

사랑의 허락

바람이 나무를 쓰다듬고 갑니다
나무는 바람을 향해 가지를 흔듭니다
둘은 다시 만나지 못합니다

지나 간 것은 돌아오지 못합니다
당신도 바람 같습니다.
먼저와 기다린 것은 당신인데
떠나는 것도 당신이 먼저였습니다

함께 울고 웃던 일이
철없던 마음에도 좋았습니다
당신은 기억이 되고
나는 혼자 기억을 먹고 삽니다

허락된 우리 사랑이 짧은 걸
나만 몰랐던 잘못으로
당신을 보내고 나서야 눈물 뜨거워졌습니다

어머니,

당신이 기다려만 준다면
긴 사랑의 허락 받고 달려가겠습니다
다음 생에선 먼저 알아보고 달려가겠습니다.

그대에게

그대 떠난 하늘 길에서 노을 지고
하루가 넘어 갑니다
혼자인 날들에 하루를 더해
시간에 야위어 가도
함께 하는 날까지 이 마음
풍성한 그리움에 따뜻합니다
만나고 헤어짐이 사람의 일이라는
걱정일랑 하지마세요
바람 오고 계절이 갈수록
보고픔에 주름진 시간 곱게 접어
그대 오시는 날까지
든든한 사랑의 뿌리 내리겠습니다
어둠 속에 있지 않고
꽃피울 테니 걱정 마세요
하나가 있어야 둘도 됩니다
기다림이 있으니 만나겠지요
그대 떠난 하늘 길에서 별이 먼저 뜹니다
알고 있다는 말씀 같아 마음 놓고 쉬겠습니다.

나의 에트리타

모네의 에트리타* 는 코끼리바위
멀리서 보고 돌아서도 좋지만
마티스의 에트리타는 목마른 새
부리가 바다에 잠긴 채 멈춘 사연
돌아 설 수 없다

나의 에트리타,
이생에 오를 수 없는 절벽
건너지 못할 낭떠러지 그대를 미워한다

가까이 가도 만나기 힘든
그대를 중심으로 돌아가는 세상
너의 웃음에 저며진 시간을 징검다리로
아슬히 하루를 살아도
그대를 향한 퇴화된 날개짓 멈출 수 없다

세파(世波)에 깎여도 변하지 않는 마음
밤과 낮, 두 얼굴로는 모자라서
중독되어 버린 소리와 향기 훔치고 싶은데

가질 수 없어도 완전한 사랑이 되는가
가까이 갈수록 그대를 잃고
나의 말은 바다에 잠기고 있다.

* 에트리타 – 프랑스 노르망디에 있는 해변 그림으로 유명하고,
  하얀 절벽으로 유명한 해안.

구절초

꽃잎에 달빛 닿아
구구절절 시린 가슴 안아주고

꽃잎에 바람 흘러
음력 구월의 서리로 우는 밤

쓴 입에 맑은 죽 한 술
넘겨야 할 텐데 넘겨야 살 텐데

아끼던 구절초 한 아름
알아보지 못하고 떠나는 걸음

노모(老母)는 굳은 몸으로
눈물조차 꺼내 보이질 못한다

해마다 약주(藥酒) 담그던 날 오면
꽃 피해 숨을 곳 없는데

오늘은 입동(立冬) 늦은 저녁
자식들 둘러앉은 자리 살얼음이다.

복수

사랑을 잃고
사람을 잃은
마음 밭

바람 떠난 자리
끝에서
꽃잎 몸으로 울 때

걸음 멈춘
그림자는
젖은 기억에 운다

한번도
맛보지 못한
달콤한 눈물 있다지만

그리움 뒤에
숨어있는 다른 그리움
곱게 쓸고 오는 시간 때문에

바닥까지 긁고 살아내어도
산다는 게
정당한 복수가 안 된다.

이별의 미학

남자가 입버릇처럼 잊었다 해도
잊혀 지지 않는 이별이 있습니다

소리 없이 봄 비 내려
마당에 늙은 개 발자국 찍히는 밤

혼자 지키던 이부자리가
돌아누울 때마다 차가운 그런 날

잔소리로 만들어진 사람처럼
말을 흘리고 다니던 아내 제사를 마치고

세상 깊은 곳에서
하얗게 울고 있을 자식 그리운 그런 날

잊었다 해도
잊혀 지지 않는 이별 때문에 살아야 함을 알게 되지요

미안해서 큰소리쳤던 날들이

부끄러워도 혼자 남아 살아야 함을 알게 되지요

이별은 사람을 키우기도 합니다
이별은 사람을 자라게도 합니다 가슴에 옹이는 남겠
지요.

사랑 꽃을 피우려

곧이곧대로 말할 수 없음이
꽃을 보는 순간의 느낌입니다

멀쩡하다고 믿었던 가슴이
제 멋대로 뛰기도 하고

아무 일 없다고 믿었던 하루가
뭔가 기다리고 있던 날 같습니다

과장 없이 말하지만
'사랑꽃'이라는 게 필 수 있는지요

사랑 할 때 피는 꽃이라면
상대에 따라 피는 꽃이 될 것이고

사랑 꽃이 피어야 사랑이 된다면
말로 하는 사랑 때문에 꽃 지천이겠습니다

그래도

'사랑' 이라고 소리내어보면 참 좋습니다

줄 때도 받을 때도 사랑이라 생각하면
아까울 게 없는 마음이 되니까요

한마디로 말씀드리자면
사랑 꽃은 얼굴에 피는 웃음꽃 아닐까요

누군가를 생각할 때 저절로 피는 웃음
노력해도 멈추지 않는 솟아오르는 웃음 말입니다

계략이나 모책 없이 눈빛 나누면 좋은
그런 사람과 사랑 꽃을 피우려 태어난 건 아닐까요.

짝사랑

가로수 잎 피고 지면 계절 바뀐 걸 알고
사람들 차림새로 다른 계절임을 아는
세상을 따라다니는 삶이라
그대를 생각함에도 뒷모습만 기억합니다

누추한 내 사랑은 어려워
그리움조차 허락 받아야 하기에
스치는 손가락 잡아 보거나
마주치는 눈빛에 머물지 못합니다

아직도 아침 신문을 돌리고
정직원의 꿈을 꾸고 아르바이트 돌이를 해도
종일토록 그대 생각뿐인 걸 들킬까 조바심입니다

천천히 가면 두려워지고 빨리 가면 걱정이지만
이 사랑, 막다른 길로 가더라도 함께이기를
가난한 사랑도 풀꽃처럼 피울 수 있기를
간절히 소리 없이 그대 뒤에서 졸라봅니다.

바람개비

혼자는 살지 못해요

우리 함께 살아요

어느 하늘아래 떨어져 있어도

늘 내게로 돌아 올 것을 알아요

당신을 만나

새 바람을 낳고 새 하늘 열거에요

세상은 우릴 기억하지 못해도

내 가슴 녹슬 때까지

그대와 달리는 바람의 길 멈추지 않을 거예요.

술독

갯벌의 작은 구멍으로 물방울이 솟을 때마다
나는 술을 생각하게 된다
죽어가는 생선의 눈과 마주치지 않고
젓가락 들고 멀리 앉아 술 생각을 한다
최후의 밤 같이 너를 품고 누워도
머릿속에는 술이 넘친다
술 없이 살 수 없는 골목에 살면
집집마다 술 독 하나씩 품고 살게 되니
죽어 새가 되어도
죽어 다시 올 때 꽃이라도 술 독 찾겠지
좋은 일에도 잔이 넘치고 슬픈 일에도 술잔이 필요해
모진 세상의 서리 맞아도 틈 벌어지지 않는 술독이 필
요하다
좋은 물과 좋은 날(日) 그리고 백번을 씻은 곡식과 정
결한 손
술독을 채우는 것은 기도하는 마음이기에
삭아 녹아도 향기롭게 죽는 것들로 맛이 든다
오늘도
술독을 품고 앉아 술 생각을 하는 것은 술독을 채우는

마음

계산 없이 온전히 서로를 봐줄 마음을 안고 싶기 때문
이다.

초대

커피향 짙은
비 내리는 날이네요
당신이 오시는 날이면
향기로 채워지던 세상
기억해요
그날, 단풍 고운 길에서
우린 말없이 웃고 또 웃고
사진은 기억보다 낯설어도
버릴 수 없어요

어디만큼 왔나요
조심조심 빨리 오세요
문 열어 두었는데
먼저 도착한 바람 장난에
자꾸 돌아보게 되네요
된장찌개 다시 데우고
쑥부쟁이 베개깃 펼쳤어요
뜨거운 마음 식어도
깊은 햇살에 그리움이 맛들어

당신과 함께 하는 날이면
밤은 길어질 테지요
가을,
당신 지금 어디까지 왔나요.

한 접시의 눈물

빗방울에게는 목적지가 없다
원하는 정거장도 없다
비이기에 내릴 뿐이다
어머니도 그렇다
이유나 조건을 따지지 않는다
그저 어머니이기에 자식에게
쏟아 붓고 쏟아 붓는다
비와 어머니가 다른 것은
가뭄이 없다는 것인데
오늘 밤
바닥이 갈라진 세상
까맣게 시들어 가는 남매들
제사상 마주 앉아 말이 없다
나름의 세상에서 버티기 하는 자식
영정사진 건너보는 어머니께 들킬까
눈 마주치지 못한다
초파일의 달이 지고 모두 잠든 밤
바람이 기웃 거리던 저승 밥 위로
비도 오지 않은 새벽인데

누구의 마음인가
방울방울 한 접시의 눈물이 남았다.

마지막 퇴근

시간의 벽을 노크 하는 사람은 없다
허물 수 없는 다혈질의 그림자만
애꿎은 원망을 들을 뿐
파장(罷場)이 한 참 지나도
사무실을 떠나지 못하는 사람
창밖을 비켜가는 까마귀 부러운 게
갈 곳 있음 인지
눈치 보지 않는 날개짓인지 알 수 없다
시간은 나눠 준다는데
서로 시계의 속도가 다른 가
출발선이 다른 선수들의 회사
칸막이벽에 머리를 찧어도 종소리는 없다
상처와 흉터로 새겨진 명함을 빼앗겨도
낙오의 무리에서 벗어나려 달리지 못한다
출입문을 중심으로 흩어지며
어딘가에서 다시 출발하는 사람들
어딘가로 돌아가는 사람들
틈이 벌어질수록 째깍,
심장이 내려앉은 그는 어디로 가야하나.

4시 44분

입술이 터졌다
어금니 이미 내려앉았는데
이제 뭘 할 수 있을까

밤길에 만난 들개처럼
멈출 수도 계속 갈 수도
잠자코 있기엔 지탱 안 되는 세상

널리 비춘다는 빛은
아직 도착하지 않았고
칸칸이 한 사람씩 말라가는 골목

아르바이트 아무나 할 수 없고
보증 안 되면 손수레도 못 빌려
훌쩍 떠나는 자유조차 빼앗긴 시간

金과 李와 朴 ……
'오늘도 걷는다 마는……'
노래를 먹고 노래를 마시는 4시 44분.

5

발 견

민들레 꽃 피었습니다

노랗게 피었습니다

누가 뭐라 해도

귀 담지 않고

오던 길 묵묵히

제 일을 하고 있었습니다

사람도 좀 그리하면 좋겠다고

하여,

봄 오고 여름 오고

*포공구덕(蒲公九德) *문들레가

민들레로 꽃 피웠습니다.

*포공구덕(蒲公九德) : 민들레에게 배울 아홉 가지 덕목. 서당선
생님의 가르침이었음.
*문들레 : 사립문 주변에 흔하던 꽃이라 하여 부름.

전 쟁

전쟁이 시작 되고
철없는 독사(毒蛇)* 용감했으나
독거미 함정에 꼬리가 말려들었다
사람들은 독사에게 용기를 주려 해도 늦었고
거미는 뱀의 등을 의기양양하게 걸어가더니
지금,
도시의 빌딩 사이를 가까이
더 가까이 좁히며 거미줄 치고 있다
무슨 사냥을 나선 것인가
죄 있어도 도망 다니다
보이지 않는 양심에 걸린 독사 닮은 사람들
마침내 서로의 독(毒)에 녹아내릴 사람들
거덜 난 양심 한 조각 필사적으로 찾고 있다
떠나는 길에 이슬 총총 구슬처럼 걸어 놓고
소꿉장난 같은 인사라도 오래 듣고 싶은가
불쾌하거나 화내거나 하지 않고
개미들이 덮개 될 때까지 거미의 기다림은 너그럽다
전쟁의 끝은 또 다른 전쟁의 시작
보이지 않는 손과의 전쟁에서 우리 살아남기를

서로의 독이라 생각하고 사랑한번 해 보기를.

*호주의 농가에서 있었던 사건 – 치명적 독을 가진 독사 eastern
brown snake 가 맹독을 가진 붉은 등 거미 red-back spider의
줄에 꼬리가 걸려 사망한 뉴스가 있다.

먹이사슬

동창모임의 별미는 선생님이야기다
'식사하기 전 알아 둬야 할 것은
생명은 생명으로 살아간다는 것이다'
사십년 전 담임 이야기를 우스개로 하는 동창 중엔
화식(火食) 하지 않는 도사(道士)가 있다
세상을 말씀으로 배우던 그 땐 귀가 밝았지만
눈으로 배우는 지금은 입이 밝아
어른은 없고 노인만 있다는 이야기에
천지간에 불분명한 소리만 무한 번식한다
채식 하던 친구가 육식으로 몸매를 다스리니
도심으로 갈수록 먹이가 준다고
일용할 남자와 여자를 파는 장사를 시작했다
밥값 내는 친구의 빌딩보다
새 아파트로 이사 간 친구가 부러운데
퇴직한 몇 명은 나이 들수록 싼 값일까
목소리 클수록 비싼 값일까 묻는 말에
눈과 눈 사이에 선 그어지는 먹이사슬이 보인다
동창은 시대를 같이 살았다는 의미뿐이다
생식(生食)이나 화식(火食) 채식이나 육식

선택은 필요치 않다 다만
'식사하기 전 알아 둬야 할 것은
생명이 생명으로 살아서 무엇이 될 것 인가' 이다.

여름의 여름

40도를 넘었다는 텔레비전 뉴스
이젠 놀라지 않는다
다음 뉴스도 만성이 된 뉴스들이었다

'그것은
사람의 마음을 사로잡는 그림자였다
사막을 건너는 여행자의 신기루 같고
이해가 되지 않아도 믿게 되는 약속처럼
돈이나 사채라는 단어로 부를 수 없는 것이다
세상이 뜨거울수록 불꽃을 찾아 들게 하고
늪에 빠지면 더 깊은 수렁을 찾게 하지만
아무도 그에게 끌려 다니는 걸 모른다
슬프면 슬픔에 익사 당하고
기쁘면 기쁨에 중독 되게 하고
아프면 아플수록 덤으로 받는 새로운 아픔
손을 잡아도 아는 얼굴 아닌데
낯선 곳으로 몰고 가는 그것
희망이나 열망, 욕망의 이름표를 바꿔달고
빵 없는 사람의 귓가에 집 없는 사람의 귓가에

막다른 길의 청춘에게 속삭이는 그림자
부푼 가슴이 터지도록 생각을 불어 넣는 여름의 여름 것
이제 그에게 나를 보낸다 남은 것이 없기에.'

남자가 잠든 차 안에 남은 것은
연탄재와 이 메모뿐이라는 뉴스는 식상한 시대다.

아름다운 커피

언제부터 커피를 마셨던가
중학생 때 처음 만난 커피는 선물이었다
상자에 담긴 가루 커피와 프리마
젖배를 곯은 나는 우유를 마시면 물똥을 쌌고
생애 두 번째 커피부터 쓴맛에 중독됐다
커피는 그냥 커피다
아침 첫 커피와 건조한 저녁 커피
비 오거나 날이 좋거나 커피는 커피일 뿐인데
오늘은 아름다운 커피를 마신다
커피농장에서 하루에 오백 원 버는 아이와
사천 원에 한 잔 팔아도 20원 받아가는 부모 생각은
말고
열한 살부터 옷 만드는 아이가 하루 3달러 버는 것과
광산에서 열두 시간씩 일해도 하루 2달러 버는 아이
도 잊고
세상의 아이들이 각자의 일터에서
에스프레소처럼 곱게 갈린 꿈과 공장에서 잘린 손과
함께 버린 꿈
그런 것들 모두 잊기 위해 6월 12일*부터 아름다운

커피*

　킬리만자로의 선물을 마신다

　우간다에서 온 커피를 숨어서 마신다

　쌉쌀하고 고소하고 부드러운 커피 세상에서

　한 잔의 와인이라 불리는 콜드브루를 소주 잔 비우듯
한 번에 마신다

　히말라야와 안데스의 선물이 기다리고 있는 아침

　마시는 것 자체로 가슴 뿌듯해 질 수 있는 하루를 내
게 선물한다.

* 6월 12일 : 세계 아동 노동 반대의 날
* 아름다운 커피는 공정 무역 커피이다. 다국적 기업이나 중간 상
　인을 거치지 않고 제3세계 커피 농가에 합리적인 가격을 직접
　지불하여 사들이는 커피를 말한다

깊은 잠

연탄재 나오지 않는 골목
깨진 병조각이 반짝인다

무엇일까
형체도 모르게 버리고 싶은 것이 유리병이었을까

큰 소리 내며 부서질
깨뜨리고 싶은 것 버리고 싶은 것 많아도

한 모금 긴 한숨으로 버티는 동네에서
빛 없는 길 달빛 받아 반짝이게 하고 싶었던 건가

긴 잠에서 나오지 않는 사람들
침몰하는 꿈 불러내 다시 살아 보자는 건가.

풍 경

지하철 계단에 앉아 아이가 웁니다

지나가는 사람들 힐끔거리다 갑니다

한 칸 아래 계단의 아저씨가 빵을 건넵니다

아이가 더 크게 웁니다

어디선가 달려온 호루라기가 아저씨 손을 내려칩니다

울던 아이가 호루라기 바지에 매달립니다

때에 절은 아저씨 손이 웁니다

지나가던 사람들이 힐끔거리다 갑니다

지하철 계단을 배경으로 빗방울 떨어집니다

누구의 시나리오로 떨어지는 빗방울일까요

때맞춰 함께 우는 이 누굴까요

굵어지는 빗방울 뚫고 호루라기가 아이를 끌고 갑니
다

발자국 찍힌 빵이 비에 젖습니다 때 절은 아버지가 웁
니다.

하와이

*샌드 아일랜드
어땠을까
돌아갈 수 없는 불안을
손아귀에서 젖는
한 장 사진으로 지탱했을 때

보자기에 싼 과거를 부둥켜안고
"너라도 살아라."
새벽이 올 때까지 잠 못 들던 어머니
닳은 짚신 끌며 옥중 오라비는 찾았는지

일본 순사 그늘을 밟고 떠나 온 고향보다
카우이 섬 콜로라 농장에 있다는 남자 살아있기를,
돌아가기 위해 떠나 온 길이 살아남아야 되는 길이었다

할머니의 할머니 일기장엔 아직도 남아있다
샌드 아일랜드의 하루는 백년 같았다고
멈춘 시간의 관(棺)에 묻힐까 잠들지 못했다고
와이키키해변에서 아이들이 웃는다

얼굴빛이 다른 아이들 모여 함께 웃는다
출발지를 몰라도 같은 땅에 사는 하와이 아이들이다.

*샌드아일랜드 : 이민자수용소 - 우리나라에서 일본의 만행을 피
해 남자 뿐 아니라 여자들은 하와이행 배를 탔다. 어린 여자들이
조선 남자의 사진만 들고 찾아가서 결혼을 했었다. 그 때 여자들
은, 샌드 아일랜드에서 입국허가를 기다려야했다. 사진 속 남자
가 죽었거나 연락두절일 땐 조선 사람이 아니어도 처음 본 남자
와 결혼을 했다고 한다.

아가, 내 딸아

해 저물고 밤이 와도
뜬 눈으로 지새우고
눈물에 젖은 몸
곡기를 끊어도
아가,
너를 찾지 못하는 구나
열일곱 너를 잃은 세상
하늘과 땅이 맞닿아도
사방 천지 어디로 갔는지
아가,
경성부 종로에
허 씨 조선 여성을 찾아 가라는데*
네 친구인지 누군지 알 길이 없구나
쑥 캐러갔다가 언니를 잃고 온 동생을
어제 뒷산에 묻어 주고 왔다
그 까만 속 나는 안다
허기가 눈물을 이긴다는 세상에
집구석 귀신이 나을지 모르지만
나는 아무 일 없다 잘 산다

너를 만날 때까지 잘 살거다

아가,

무슨 일을 당해도

살아만 있어라 살아만 있거라.

* 위안부로 보내기 위해 강제 납치가 많았던 시절. 매일신보에는
경성부 종로에서 위안부 중개업을 하던 허 씨라는 조선인 여성
기록이 있다

‒ 한국여성 20만 명 인권이 짓밟혔는데 한국인 조력자들은 처벌
받은 사실이 없고 강제 동원, 인신매매 등을 주도하였던 한국인
중 한 명도 과거의 잘못을 고백하지 않았다.

‒ 1942년 중국 상하이 시의 기록에 위안부 업소 경영 조선인 이
름이 나와 있다.

‒ 상하이 시 무창로 338번지의 위안부 운영 조선인 (일본 이름
永田芳太郎)

‒ 상하이 시 보백로 자운별리 2호 위안업자 조선인 (일본 이름 永
川光星)

‒ 두강지로 보덕리 60호 위안업자 조선인(일본 이름 大原光江)

● 한국이름은 여기에 올리지 않는다. 후손이 있을 것이기에 그들
은 알 것이기에.

봄비

어쩌자고
겨울을 이겨낸 산(山)가슴을 적시는지

어쩌려고
한기 서린 사람들 사이 물안개 피우는지

어떻하라고
쌓인 독촉장 위 발자국 찍는지

다국적 시민 복지를 찾는 사이
41세 엄마와 4살 아이 주검*
두 달 동안 발견 되지 않았다는데

봄비가 여름 장마처럼 내려도
도시의 가슴들 씻어내지 못 하는 건지.

*충북 증평의 한 아파트에서 네 살배기 딸과 극단적인 선택을 한
 어머니 정 모(41) 씨에 관한 사건.

우리의 바람
- 신(新) 동학을 기다리며

바람이 분다
문장대에서 북천까지
사람은 사람이어야 한다고
귀천(貴賤)없는 하늘의 바람이 분다

유 · 불 · 선 삼도합일
모두가 하늘의 뜻일진대
오늘의 많은 사람 중
서로를 위해 그 날처럼 칼날에 목을 바치는
참 사람 하나 만날 수 없네

세상 일 어지러이 그물처럼 퍼져도
장암리에서 전라 충청으로 다니며
조선의 학문으로 사람을 지키던 바람

바람이 분다
밟히고 찢겨도
죽창 놓지 않던 손에서 일어난 바람
그날의 바람은 멈추지 않아야 한다.

이화동 꽃
- 벽화마을을 다녀와서

하숙비 없어 쪼그려 앉았던 자리
더부살이 이끼를 피해 꽃이 피었습니다

취한 몸 기대어 울던 전봇대 아래
찢어진 연극 포스터 자리엔 빨간 꽃 피었습니다

기다리던 날이 저기 있을 것 같아
기다리던 순간이 그곳에 있을 것 같아

익숙한 비린 냄새로 길 잃지 않고 살던
하늘로 열린 계단을 품은 동네 이화동에는

발자국으로 시간을 다져 칸칸이 낮아져도
눈빛 나누던 사람의 냄새가 남아있습니다.

그 남자
- 5. 18

웃었습니다 그 남자
4월 달력 넘기며 5월을 찢어
해마다 4월에서 6월로 넘어 간다던 남자

군화를 벗어도 문신처럼 남은 얼룩 때문에
사람을 마주하지 못하는 사람
하고 싶은 말이 쌓였는데 실어증이랍니다

나고 자란 골목을 뺏겨도 군번줄에 묶였던 몸
하늘이 무엇인지 사람이 무엇인지
달뜨는 밤이면 땅을 치며 웃는 답니다

피 묻은 청소부 손만 살아서 썩는 땅이라 해도
그렇다 해도,
어제는 오늘이, 오늘은 내일이 됩니다

그 날이 다시 오지 않기를
5월을 잃어 가슴을 잃은 남자 광장에서 웃습니다
통곡을 웃으며 하는 남자 때문에 지우지 못하는 5월
입니다.

99년 후

- 3. 1 독립선언서를 읽으며

2018년 봄
선물 받은 족자(簇子) 가득한 이야기에 마음이 멈춘다
부끄러움과 죄송한 눈으로 만나는 얼굴마다 목 메이는
아침
텔레비전에서는 사건과 사고들을 보도가 아닌 광고로
이용한다.

생각이 낡은 사람이라 불리면 어떤 가
조화도 꽃이고 마른 꽃도 꽃인 세상에서
족자의 글을 오늘에 맞게 읽으니 한숨만 엮여 나온다.

'우리나라가 독립국이며 한국인이 자주민임을 선언하고
인류 평등의 큰 진리를 밝혀 자손 대대로 민족의 자립과
생존의 정당한 권리를 영원히 누리게 해주려' 했다고

'낡은 사상과 낡은 세력에 얽매여 있는 통치배들의 부귀
공명의 희생이 되어
압제와 수탈에 빠진 이 비참한 사회를 바르게 고쳐서
억압과 착취가 없는 공정하고 인간다운 큰 근본이 되는

길로

　돌아오게 하려는 것' 이라 했다

　'사람의 숨통을 막아 꼼짝 못하게 한 것이 저 지난 한
때의 형세라면

　화창한 봄바람과 햇볕에 원기와 혈맥을 떨쳐 펴는 것
은 이때의 형세이니'

　이제는

　문화와 문명에서 앞서는 민족으로의 자부심을 지켜야
할 때이다

　99년 전 말씀이 오늘도 틀리지 않아 보인다

　너와 나 그리고 우리들 가슴에 분명 한마디씩 담기기
만 하면

　봄 날 새싹처럼 무엇인가 자라날 것이다 우리가 살 것
이라 믿는다.